Pour Suzye

"

LE PUITS DE LA MARIE DU PAUL

"

Au fond d'un vieux puits se cache

Toujours un trésor : l'eau si précieuse...

Avec toute ma sympathie.

Autun le 24 avril 2010

[signature]

du même auteur

Enfance nivernaise, récit, éditions de l'Armançon, 2000 ;

Dans le jardin de Grand-Père, éditions de l'Armançon, 2003 ;

Vagabondages, poésies, 2004 ;

Un apprenti dans la ville, récit, éditions de l'Armançon, 2006 ;

24 rue de l'Hôtel-de-Ville
21 390 Précy-sous-Thil

ISBN 978-2-84479-139-9

Jean Émery

LE PUITS DE LA MARIE DU PAUL

et autres fables morvandelles
librement inspirées de Jean de La Fontaine

Éditions de l'Armançon

À ma femme
À mes parents
À mes grands-parents

AVANT-PROPOS

J'ai passé mon enfance en Morvan, à la campagne, près de rudes paysans, entouré de toutes sortes d'animaux.

À l'école j'apprenais avec plaisir les fables de La Fontaine que l'instituteur nous faisait réciter devant le tableau noir. J'obtenais toujours de bonnes notes pour cet exercice.

En récitant ces fables je retrouvais ces corbeaux qui croassaient perchés sur les branches d'un arbre mort, ces oiseaux espiègles qui piaillaient dans les buissons, ces renards rusés qui s'approchaient des poulaillers, le vent d'hiver qui torturait les arbres, et ces paysans courbés qui labouraient les champs, tenant ferme les mancherons de la charrue.

En relisant ces merveilleuses fables, assailli par tous ces souvenirs, j'ai eu l'idée de ces contes très courts qui ont pour cadre le pays de mon enfance dans les années 1930, les personnages étant morvandiaux comme il se doit.

Comme les bons « contes » font les bons amis, merci « feu La Fontaine ».

LE PUITS DE LA MARIE DU PAUL

Une vieille paysanne vivait seule dans une chaumière éloignée d'un village.

Cela se passait voici de nombreuses années, au cœur du Morvan où tout était encore sauvage. Les chemins n'étaient que pierres et traversaient dans une pénombre angoissante les grandes forêts de chênes, de charmes, de hêtres, qui font la richesse de la région.

La Marie du Paul, Paul étant le prénom de son mari décédé, restait le plus souvent chez elle avec son chat noir qui lui tenait compagnie.

Un bonnet blanc avec dentelles cachait son chignon qui ne tenait guère. Une longue robe grise, douteuse et chiffonnée la transformait la nuit en fantôme. Très rarement elle allait au village acheter le strict nécessaire, comptant et recomptant ses pièces de monnaies cachées dans le creux d'une bourse élimée qu'elle gardait serrée dans sa main.

Les paysans la plaignaient un peu car sa vie était triste, morose, mélancolique. Pourtant des phrases perçues, chuchotées lors des veillées les longs soirs d'hiver, laissaient comprendre que la Marie du Paul possédait un bas de laine bien garni qu'elle dissimulait chez elle, son mari décédé lui ayant laissé de bonnes économies. Mais où cachait-elle son trésor, personne ne le savait...

Pourtant deux compères vagabonds, rôdeurs et vivant de petits larcins, avait peut-être une idée où la vieille cachait son pactole.

Comment le savaient-ils : on l'ignore.

Par une nuit sans lune, nos deux individus allaient prudemment, rasant les haies touffues pour arriver sur le lieu tant désiré : c'était un vieux puits, presque à sec, tout proche de la chaumière de la vieille dame.

Ils étaient persuadés que ce qu'ils convoitaient, reposait entre les pierres au fond du puits. Une personne leur avait dit qu'un soir la Marie du Paul se penchait sur la margelle et qu'elle tirait sur une corde : mais sans beaucoup de précisions quant à savoir pourquoi...

Peut-être son chat...

Arrivés près du puits, ils voulurent descendre tous les deux, vu qu'il n'était pas très profond, trois mètres peut-être. En bas leurs pieds reposaient sur un lit de graviers légèrement humide et de pierres plus grosses.

Ils en renversèrent quelques-unes, inspectèrent deux grandes fissures entre les buses, mais rien ne laissait soupçonner la présence de quelques objets...

Ils commencèrent à se disputer, s'accusant mutuellement de s'être laisser berner. L'un disait : « Tes indications étaient nulles » et l'autre répondait : « Il ne fallait pas me suivre ».

Un chien aboya au loin, des bruits vinrent d'un buisson épais, cachette d'un oiseau ou d'un chat.

Après avoir fini leurs recherches, ils pensèrent déguerpir le plus rapidement possible. Le plus jeune qui avait la goutte au nez dit :

- C'est bien joli tout ça, maintenant il faut sortir d'ici.

Ils levèrent la tête et s'aperçurent que le bord du puits était plus haut qu'ils ne pensaient. Leurs efforts pour s'agripper au mur s'avérèrent nuls.

- Bon Diou, je ne pensais pas qu'on resterait prisonnier dans ce trou !

Le plus malin dit à son compère :

- J'ai une idée, colle-toi bien près de la paroi, et tu me fais la courte échelle. Je me surélèverai, un pied sur tes mains jointes, puis sur tes épaules, et j'agripperai la margelle ; puis à l'aide de quelques manœuvres je m'en sortirai. Après bien sûr, je t'en tirerai.

- Bonne idée, mon vieux complice, faisons vite.

Le premier sort du puits avec bien des difficultés, content de se retrouver libre.

Mais au loin, voilà qu'il croit entendre des voix qui se rapprochent. La peur le submergeant il pense que c'est peut-être des gendarmes ou des voisins qui arrivent : la vieille aura donné l'alerte, c'est sûr.

Le compère sorti du puits ne veut pas se faire surprendre dans cette mauvaise affaire ! Il se penche sur la margelle et chuchote à celui qui s'impatiente au fond :

- J'entends des voix, je vais vite me sauver, reste calme, ne bouge pas, ils ne te verront certainement pas. Tout à l'heure s'il n'y a rien de nouveau, je reviendrai te sortir de là...

Et il déguerpit comme s'il était poursuivi par un régiment de gendarmes avec fusils et menottes.

- Holà, holà, crie l'autre, ne me laisse pas dans ce pétrin. Espèce de traître, je te retrouverai et l'on s'expliquera !

Tremblant de froid et de peur, il se recroqueville dans ce piège noir. Des idées de vengeance lui passent par la tête tout en pensant qu'il vaudrait mieux bien réfléchir avant d'entreprendre toute chose.

LA TREILLE ET LE TRIMARD

Dans les rudes contrées du Morvan, on les appelait les « trimards ». En vrai, « trimardeurs », genre de vagabonds qui vont de ville en ville, traînant dans la campagne, et peut-être suivant l'occasion, dénicher un travail de quelques jours.

La Bourgogne est le pays de la vigne, des vignobles qui s'étalent jusqu'à l'horizon. En Morvan chaque petite ferme, chaque maison possède sa treille qui court sur les façades ou sur les murs plus ou moins entretenus.

L'homme avec sa besace sur le dos, allait d'un pas traînant le long d'un chemin qui le menait n'importe où, au hasard.

Lorsque les enfants du village le voyaient arriver, annoncé de loin par les aboiements des chiens, ils rentraient chez eux, prévenaient père et mère. Pourtant il n'était pas méchant.

Aux abords de l'église, au clocher bien modeste et délabré, il s'assit sur une borne en pierre qui se trouvait près d'une petite porte ou se tenait un prêtre lisant certainement son bréviairehabillé d'une longue soutane noire.

Le soleil se trouvait presque au zénith et le clochard pensait qu'il devait bien avoir chaud enveloppé dans ce vêtement qui emmagasinait la chaleur – chacun ses soucis. Le prêtre passa devant lui sans un regard.

Sur la place se trouvait une fontaine. Une eau claire coulait d'un tuyau en fer et tombait dans le bassin en créant de nombreux cercles qui allaient en s'élargissant.

Il but à même le tuyau cette eau fraîche qui le réconforta et se reposa encore un moment sur la borne, laissant les souvenirs l'envahir.

C'est qu'il avait eu une vie quasi normale avant de devenir clochard, traîne guenilles, mendiant. Il avait été marié. Sa femme et lui habitaient une maison bien modeste. Ils n'avaient pas eu d'enfants mais ils étaient heureux. Lui travaillait dans les champs, ouvrier agricole peu payé, mais il ne se plaignait pas. Sa femme raccommodait, rapiéçait pantalons et chaussettes pour quelques sous.

Le malheur s'installa un jour dans la maison lorsque sa femme, après une courte maladie, mourut. Même avec le réconfort des voisins notre homme se fatigua de la vie, jura contre tous les saints, eut des idées de suicide et se mit à boire.

La vie bascula ; il fallait partir, partir n'importe où, mais partir : oublier.

Alors il fit le nécessaire pour être libre et notre homme se lança sur les chemins de la délivrance.

Il se souvint avoir traversé un village, longé quelques sentiers, contourné quelques maisons où les chiens aboyaient sur son passage comme d'habitude.

S'étant mis à l'ombre d'un mur assez haut, mal entretenu, tout recouvert de lierre qui pendait lamentablement... cet ancien mur clôturait certainement une grande propriété qu'il jugea presque abandonnée. Le sentier était peu fréquenté car les herbes de toutes sortes poussaient avec vigueur. Des orties vertes et piquantes encombraient le passage.

Il se fit une petite place avec son bâton en courbant les herbes, apeura les vipères et autres bestioles. Il se reposa un moment et repartit, la besace lourde sur le dos.

Après avoir parcouru une centaine de mètres, il s'aperçut qu'à un endroit du mur dépassait une treille ; sous les feuilles se cachaient quelques jolies grappes de raisin.

Mais le mur était haut et l'homme ne pouvait pas les atteindre. Pourtant il se serait bien délecté de ces fruits à la peau vermeille, dorés à point, et déjà sa bouche salivait.

Il cherche une grosse pierre, quelque chose qui le rehausserait mais ne trouve rien.

Alors il jure, saloperies et nom de dieux puis réfléchit : après tout ce raisin ne m'appartient pas et je suis honnête. Quelle idée m'a pris de vouloir chaparder ces quelques grappes... sûrement traitées et certainement moins bonnes qu'elles ne paraissent ; d'ailleurs elles ne sont pas très mûres ; ces raisins ne sont bons que pour de pauvres volatiles qui picorent n'importe quoi.

Le trimard avait repris sa besace, son bâton et s'en était allé tranquillement, la bouche sèche, l'esprit en paix.

LE VAGABOND ET LE CHÂTELAIN

Un pauvre mendiant était si maigre qu'il faisait pitié à voir. Les bons chrétiens fermaient leur porte en le voyant venir au loin. Les chiens aboyaient, les petits enfants couraient vite se réfugier sous les jupons de leur mère, et les barrières en bois claquaient sur leurs poteaux branlants.

Il avançait à pas lents, sa lourde besace sur le dos, traînant les pieds dans des chaussures éculées. Souvent il s'asseyait sur le bord d'une fontaine lorsque le village en possédait une. L'eau était fraîche, transparente et à volonté.

Quelques pommes chapardées au bord d'un chemin, des noix tombées sous de grands noyers, un quignon de pain qu'il sortait d'une de ses poches, le repas était assuré... La misère a toujours faim et l'odeur alléchante d'une boulangerie attire immanquablement les ventres affamés. Le boulanger peut-il refuser une tranche de pain non vendue ?

Notre trimard se faisait à cette vie. Il était libre, pauvre mais libre. Le matin le soleil se levait, réchauffait ses membres engourdis par la fraîcheur de la nuit, ou le chant d'un coq le réveillait lorsqu'il était couché dans une grange.

L'après-midi le soleil brillait au zénith, les prés engraissaient les vaches blanches couchées dans l'herbe drue, les champs espéraient d'abondantes récoltes.

Les arbres, la flore, les haies aux fruits sauvages apportaient un appoint à ses maigres menus. Son bonheur, certainement voulu, était de vagabonder, d'aller à sa guise, sans obligation.

Un jour, il s'arrêta devant une grille imposante, en fer forgé, rouillée en grande partie, et envahie de lierre et de hautes herbes. Derrière la grille, au fond d'un parc mal entretenu, se devinait une demeure, belle encore quoique délabrée.

Il posa sa besace, son bâton et s'assit pour se reposer. La campagne était silencieuse, au loin dans la forêt, il entendit même le coucou.

Peut-être bien qu'il sommeillait lorsque la grille en couinant sur ses gonds rouillés s'ouvrit. Un homme d'une quarantaine d'années s'immobilisa : c'était le propriétaire du domaine Danto. Il vivait avec son épouse dans cette propriété qu'il avait bien du mal à entretenir. Un ouvrier venait de temps à autre pour élaguer quelques arbres, bêcher un carré de terre si peu grand que trois pieds de tomates, un rang de salade et quelques pieds de pommes de terre l'encombraient.

L'argent qui autrefois alourdissait son bas de laine avait disparu en grande partie. Il vivait là, avec des pensées de grand seigneur, et des idées de pauvre paysan.

Le châtelain d'une voix forte dit au mendiant :

- Eh l'homme vous voulez quelque chose ?

- Je me repose.

- Je vois bien, mais on se repose si on a travaillé ; je ne crois pas que le travail aujourd'hui vous a beaucoup fatigué !

- J'ai marché, c'est pareil.

Le châtelain avait une idée en tête.

- Malgré votre allure qui trompe votre âge, je vois bien que vous avez encore de la vitalité. Vous pourriez travailler...

- Je suis bien comme ça, je ne demande rien.

- Vous vivez sur le dos des autres ; pas de toit, pas de famille, vous vivez comme un pauvre. Dans la misère...

- Je ne vis pas sur le dos des autres, tout ce qui me nourrit ne coûte rien à personne, de toute façon ce serait perdu. Je ne dois rien à quiconque. Ce n'est peut-être pas le cas de bien des gens.

- Mon pauvre, vous me faites pitié. Pour vous sortir de cette ornière, je vous propose un marché.

Le visage de notre mendiant prit un air étonné ; c'était bien la première fois qu'on lui proposait quoi que ce soit. Il fit une grimace.

- Voilà : je vous offre un travail facile dans mon domaine comme jardinier, cela vous convient-il ? Tondre le gazon, tailler quelques branches, retourner un coin de terre, détruire les herbes trop envahissantes, ce n'est pas trop fatiguant... En échange de ces menus travaux, à l'heure des repas vous aurez une soupe chaude, du pain blanc, de temps en temps une chopine... et vous coucheriez au chaud sur une bonne paillasse. Qu'en dites-vous ?

- Ça me conviendrait, mais je gagne quoi à ce marché ? Un verre de vin de temps en temps, j'en bois un. Le pain, le fromage, on peut le dénicher sur les marchés. C'est gratuit et tout ça sans travailler... En plus je vais à ma guise, à droite, à gauche, j'en vois des choses ! Le matin ici, le soir ailleurs, pourquoi m'emprisonner chez vous ?

- Il faut choisir, dit le châtelain d'un air renfrogné, travailler sans être bousculé, coucher à l'abri, ne plus chaparder pour manger à sa faim.

- Tout cela est bien gentil, dit le vagabond, mais ne me convient guère. Je n'aurai plus la liberté de flâner ou je veux, quand je veux, ça c'est important. Merci bien, mon bon monsieur...

Sur ces bonnes paroles, devant le châtelain résigné, notre vagabond se relève difficilement, reprend sa besace, son bâton et marche encore...

LE PARI DU PÈRE CHARRON

Le père Charron est un vieux Morvandiau. Sous les marronniers de la petite place du village souvent il se repose attablé devant la buvette du bistrot « Aux deux marronniers ».

Tous les villageois connaissent le père Charron. Il est né dans la région, il possède une petite maison, quelques poules, deux lapins, un chat, Mistigri pour les intimes.

Quelques mois après le décès de sa femme, il était tombé d'un chariot hautement chargé de meules de foin : une jambe cassée, la colonne vertébrale en mauvais état. Il crût bien mourir de ces opérations. Ce furent de mauvaises années.

Depuis le père Charron est handicapé ; il marche difficilement s'aidant d'une canne qu'il a confectionnée dans une branche de noisetier provenant d'une haie bien garnie.

De plus, la grande guerre de 14-18 lui a laissé des séquelles qu'il maudit tous les jours.

Alors pour chasser sa solitude et son chagrin, il va se réfugier au bistrot retrouver des vieux comme lui. Il appuie sa canne contre une table en formica, commande un verre de vin rouge du pays. Ainsi attablé il peut rester de longues heures à bavarder, écouter, rire avec la bistrotière aux seins plantureux.

Les jours d'hiver, lorsque la neige ralentit les travaux, on joue aux cartes. Des jeunes viennent aussi s'accouder au comptoir. Ils ne prennent pas de vin mais se régalent de grandes chopes de bière qui mousse comme une lessive. Ce sont de bons petits gars, honnêtes dans leur travail, la plupart aidant leur père aux travaux des champs.

Il y a peu de distraction : la ville la plus proche est à dix kilomètres ; heureusement presque tous possèdent un vélo ou une pétrolette et la jeunesse part en chantant sur ces engins.

Les vieux, lorsque le temps est propice, jouent aux boules comme dans le Sud, mais les jurons, les exclamations ne sont pas les mêmes : les « dieux » morvandiaux traînent dans la bouche des joueurs. Les gestes sont plus lents.

Aujourd'hui, dimanche, ce sont les jeunes qui jouent aux boules. Le père Charron assis sur une chaise regarde le Robert, un adolescent, mais déjà un gaillard bien développé par le travail des champs. Il veut rester dans le village et faire prospérer la ferme. La ville lui fait un peu peur. Il a son certificat d'études c'est tout !

Le père Charron a connu le Robert tout gamin.

- Ah ! j'étais comme toi quand j'avais ton âge ; je courais plus vite qu'un lièvre mais maintenant je n'avance plus à rien. Mais tiens on va faire un pari ; j'ai toujours aimé ça. Tu vois la maison de la mère Mélie à cent mètres, je parie que je toucherai sa porte avant toi, et si je gagne tu me payes ma chopine !

- Et moi si je gagne, dit le jeune Robert plein d'entrain, c'est toi qui paye la tournée à tout le monde ! C'est entendu comme ça ?

Le garçon rit d'avance, il sait qu'il gagnera c'est certain et ne comprend même pas pourquoi le père Charron lui a proposé ce pari. Ses copains joyeux se frottent les mains. Le père Charron sourit. Avec son expérience et connaissant le jeune écervelé, il se doute bien qu'il fera le fanfaron pour épater la galerie. La bistrotière qui essuie un verre ne sait pas trop quoi penser.

Robert, généreux, indulgent, laisse partir son adversaire le premier : il ne pouvait pas faire autrement. On se serait moqué de lui s'il ne laissait pas le père Charron prendre de l'avance.

Il va bavarder avec ses copains, jetant de temps en temps un œil sur la progression de l'handicapé. Les jeunes s'amusent aussi de ce pari stupide et se réjouissent déjà de boire sans bourse déliée.

- Bien le temps, disent les copains, avec tes grandes jambes il te faut deux secondes pour arriver !

Tous rient et le jeune Robert pense qu'il est temps maintenant de partir.

Alors il s'élance, va plus vite que le chat botté avec ses bottes de sept lieues, mais trop tard ! La canne de l'handicapé a frappé contre la porte.

- Ah ! bien merde, dit le Robert tout essoufflé, j'ai perdu, pourtant je n'ai jamais couru aussi vite !

- Tu vois, dit le père Charron tes jambes vont vite mais je me doutais bien que tu partirais à la dernière seconde pour épater tes copains ! Et voilà ce qui arrive mon petit gars quand on veut jouer au plus fin !

À toi de payer la bouteille !

L'ATTELAGE DU PÈRE MOREAU

Le père Moreau était charretier. Il allait dans la forêt chercher le bois que les bûcherons avaient coupé. Deux forts chevaux tiraient le lourd chariot dont les roues en bois creusaient des ornières dans les sous-bois humides.

Pouvant contenir plusieurs stères de bois lorsqu'il était chargé, le chariot craquait, gémissait sous le poids du chargement. L'attelage, à plein, passait dans des sentes à peine tracées, parmi les souches des arbres sciés, des branches mortes qu'il écrasait, des fougères et des herbes pliées dans la boue.

Il fallait malgré tout avancer, sortir de ce bois jusqu'à la route empierrée. Toujours les chevaux sous les coups de fouet et beaucoup de souffrance avaient réussi à sortir le chargement sans trop de difficultés.

Le père Moreau n'était pas tendre avec ses bêtes. Le long fouet autour du cou, il affolait ses pauvres chevaux qui se cabraient en le voyant venir. Les autres charretiers ne l'aimaient guère, n'appréciaient pas son manque de courage et sa brutalité.

Depuis une semaine il avait plu presque toutes les nuits et souvent le jour. Le ciel restait gris sur la campagne comme un couvercle de suie que des écharpes de nuages noirs essayaient de nettoyer.

Dans les sous-bois d'habitude déjà sombres, ces jours là il faisait nuit. Les bûcherons pestaient après le bois mouillé, les grosses gouttes d'eau qui dégoulinaient sur leurs vêtements. La bonne humeur était partie avec le soleil.

Le père Moreau, en jurant contre la pluie et tous les saints du ciel et de l'enfer, charge cependant son chariot au maximum. Les chevaux tapent du pied, à force d'habitude ils savent ce qui les attend.

Voici l'équipage parti : le chemin à peine tracé sur la première partie est assez ferme,mais ce que redoute le charretier se trouve un peu plus loin : c'est un dénivellement pas très profond, un ancien lit de rivière, or souvent il reste des trous qui ne sèchent pas ; comme aujourd'hui il pleut, ils débordent d'une eau boueuse.

Traverser cet endroit lorsque le terrain est sec n'est pas toujours facile, car le chariot descend vite et pour remonter cette petite pente les chevaux fournissent un maximum d'efforts.

Ce matin, le chariot s'engage dans ce piège et ce qui devait arriver, arrive : une première roue s'enfonce jusqu'à l'essieu. Plus les chevaux tirent, plus le chariot lourdement chargé retombe en creusant encore l'ornière. Il est vraiment embourbé.

Le père Moreau redoutait ce moment. Décharger une partie du bois dépasse son entendement. Il jure contre tous les dieux, les saints, les trous, la pluie, le chariot et surtout contre les deux malheureux chevaux qu'il cravache de plus en plus fort.

Mais la roue s'enfonce toujours davantage et l'autre roue commence à creuser une ornière. Mélangées à la pluie, des gouttes de sueur roulent sur le flanc des chevaux et sur le front du charretier.

Le fouet autour du cou, il brandit son poing vers le ciel et l'accuse de tous les maux.

- Dieu de dieu, viens donc m'aider, toi qui peux tout, viens donc sortir mon chargement de ce traquenard !

Mais personne aux alentours pour l'aider.

Les chevaux sont essoufflés, ils ont donné le maximum de leur pauvre carcasse. Les coups de fouet n'y font rien que d'enfoncer un peu plus les roues.

Le père Moreau est seul avec sa méchanceté, son angoisse et l'inquiétude de décharger une partie de son fardeau qu'il venait de charger en jurant et en suant.

Il peste contre ses chevaux, ces chemins truffés de trous, contre lui-même, contre tout ce qui l'entoure.

Dans son désarroi, il tourne la tête croyant entendre comme un appel au loin, mais avec le bruissement du vent dans le feuillage, la pluie qui s'égoutte, la voix qu'il croit entendre n'est peut-être que le cri d'un rapace, le gémissement d'une branche qui craque, mais pourtant il lui a bien semblé qu'un chuchotement lointain lui soufflait des mots qu'il avait du mal à comprendre.

Pour mieux écouter, il tourne la tête et son regard découvre, cachés par la broussaille, quelques fagots abandonnés là par un bûcheron.

Alors l'espoir lui revient.

Avec cette découverte inespérée il sait ce qu'il fera : il connaît son métier. Une planche du chariot lui servant de pelle, il enlève tant qu'il peut la boue qui enserre la roue, et place plusieurs fagots dans le passage ainsi fait.

Il enlève même plusieurs grosses bûches qu'il rejette avec colère. Ce travail l'a énervé, fatigué, contrarié. Il passe son mouchoir gris à carreaux sur son front qui ruisselle de sueur. Il regarde les chevaux encore haletants et prend son fouet en main.

Et voilà une chose extraordinaire, voilà qu'il parle aux chevaux avec ses mots durs, des mots de charretier, mais des mots d'encouragement, et les chevaux qui se cabraient déjà de crainte des coups, restent paisibles.

Un coup de fouet en l'air et les chevaux d'un seul élan ébranlent le chariot qui sort de l'ornière. Quelques mètres plus loin, la terre est plus ferme, le convoi s'arrête sécurisé.

Le père Moreau ne lève pas les yeux au ciel pour dire merci : il n'a pas l'habitude de remercier. Maintenant qu'il est sorti de cette embûche, il réfléchit que la voix qui venait du ciel, qu'il a cru entendre n'avait pas fait grand-chose pour lui.

Après tout, c'est lui qui a vu les fagots, c'est lui qui a déchargé le bois, c'est lui qui a eu tout le mal...

Notre charretier qui ne croit guère au ciel, qui a tant et tant de fois blasphémé ne peut y croire.

« Je me suis bien aidé tout seul », marmonne-t-il en crachant par terre de désappointement.

LA PÊCHE DU PÈRE VADREAU

En Morvan, l'eau vive des sources folâtre gaiement de pierres en cailloux pour former de petits ruisseaux et des rivières qui se prélassent dans les prés.

Sur les berges, où s'abreuvent de grosses vaches blanches, les paysans qui connaissent tous les secrets de leurs cours d'eau privilégiés pêchent la truite, le gardon, le brochet.

Au bord d'un étang la pêche est statique. Entre les nénuphars et les roseaux on aperçoit glissant dans l'eau noire, le dos des carpes, des tanches, des perches.

Une grenouille reste immobile sur une feuille de nénuphars

Le pêcheur guette le flotteur : un bouchon traversé d'une plume d'oie, car celui-ci peut s'enfoncer d'un coup. Alors il faut faire vite, reprendre la ligne, ferrer le poisson, et le ramener sur le bord parmi les herbes fraîches qui le verront agoniser dans des éclairs d'argent.

Le père Vadreau, lorsque le travail le permet, chausse ses bottes, décroche sa casquette déformée par des années de service, n'oublie pas la musette où son casse-croûte cale une chopine de vin ; il s'en va pêcher à l'étang qu'il connaît bien.

Il se trouve à la sortie du bois des Feuillards, propriété du châtelain du village, et à la lisière du pré des Persiaux, appartenant à un petit agriculteur morvandiau.

L'étang peu étendu forme un triangle. Les bords sont marécageux. Parmi les hautes herbes et les nénuphars se dressent de grands roseaux dont les tiges pourvues d'un épi de fleurs se plient sous la moindre brise.

Notre pêcheur s'installe sur le bord stable où se trouve la vanne. Assis sur un tronc d'arbre abattu, il prépare sa ligne et va patienter de longues heures, tout en observant la nature.

Des arbres en contrebas forment un écran de verdure. Un chêne dont les racines plongent dans le marécage étale une ombre épaisse sur l'eau.

Le père Vadreau aime bien ces moments où il peut se reposer, où la fatigue accumulée par des jours de travail se retire de ses jambes déjà plus toutes jeunes.

Dans un silence quasi religieux, il écoute le moindre bruit, le glissement silencieux d'une couleuvre, le coassement d'une grenouille, le piaillement d'un oiseau, et le floc d'une bulle qui crève la surface de l'eau tranquille.

Le père Vadreau lorgne le bouchon qui reste immobile...

En attendant qu'il s'enfonce et déclenche l'instant si convoité il rêve et regarde les roseaux fragiles qui se balancent sous le chêne, dont les racines noueuses s'entrelacent dans la terre molle du marécage.

Un petit vent du nord s'est levé, il fait bruire le feuillage et courber la tête des roseaux. L'horizon au-delà du pré se couvre de quelques nuages gris peu préoccupants mais annonçant peut-être un orage.

Notre rude paysan se compare au chêne, comme lui, il a résisté à des jours de violences, de tempêtes, d'agressions de toutes sortes.

Le père Vadreau décide qu'il est temps de partir. Le casse-croûte mangé, la chopine bue, une tanche, trois carpes dont l'une encore donne des coups de queue dans la musette, notre pêcheur s'en va.

Il marche vite car le ciel est maintenant d'un noir inquiétant.

De lourds nuages à l'horizon font penser à de géantes enclumes prêtes à forger tous les orages de la terre. Au lointain, le tonnerre gronde déjà, comme un chien méchant qui part à l'attaque.

Le père Vadreau arrive chez lui mouillé par d'énormes gouttes de pluie. Un vent violent annonceur d'une tempête libère une force incontrôlable sur la campagne.

La nature si calme ce matin, devient une furie. La nuit fut épouvantable. Les éclairs, le tonnerre et un vent si terrible que des rafales cassent de grosses branches et décrochent des tuiles aux toits.

Dans la maison du père Vadreau, la famille prie tous les saints, un rameau de buis entre les mains. Les orages en Morvan sont très violents.

Le lendemain matin, le ciel a retrouvé sa pureté ; l'air purifié sent l'ozone et les senteurs de la terre détrempée.

Quelques jours plus tard, lorsqu'il retourne à l'étang, le père Vadreau n'en croit pas ses yeux.

Les roseaux droits comme des cierges dodelinent leurs épis fleuris autour du chêne couché, son feuillage imposant baignant à moitié dans l'eau sale et croupie.

- Bon sang ! pense le père Vadreau, je le croyais plus solide !

LE BÛCHERON DU BOIS DE MARRY

Le Morvan est un pays rude, couvert de forêts, de prés où serpentent des rivières. Des bois épais, sauvages, ignorés des gens de passage, sont le domaine des pauvres gens. Les sangliers noirs ravaudent les fourrés, se frayant un passage dans les buissons épineux pour rejoindre leurs antres. Des lapins de garenne creusent des terriers, des lièvres se camouflent dans les herbes. Les oiseaux sont silencieux. Invisible le coucou cherche un nid pour y déposer sournoisement son œuf.

Les chênes au feuillage touffu, laissent difficilement filtrer un rayon de soleil oblique. Il se crée alors des zones d'ombres épaisses, presque noires qui font peur.

Les jours de pluie, à la tombée de la nuit les ténèbres vous entourent et vous perdez votre direction. Seul un vieux bûcheron connaissant la contrée peut s'y retrouver.

C'est dans le bois de Marry en plein cœur du Morvan, qu'un homme avance péniblement, portant sur le dos un lourd fagot de bois mort.

Il se traîne vers sa demeure à l'orée de la forêt. Point de route pour la desservir, seul un sentier où poussent des orties et quelques fleurs sauvages la relie au village le plus proche.

C'est une masure qu'il a construite lui-même avec quelques planches, des pierres prises sur le chemin, de la terre, de la paille, un ciment de fortune.

Il vit avec sa femme maigre et sans force toussant continuellement. Avec des remèdes de bonnes femmes et ce qu'elle avait retenu de ses parents, elle essaye de se soigner, mais rien n'est efficace et la maladie ne la quitte pas, bien que le médecin soit venu, et a prescrit des sirops et prodiguant des paroles réconfortantes.

Ils vivent de peu de choses ; de fruits sauvages, de quelques légumes qu'il cultive entre pierres et herbes près de chez eux. Il braconne et possède un furet qu'il cache dans une de ses grandes poches quand il va chasser le lapin de garenne. Parfois aussi un lièvre s'étrangle dans un collet qu'il a tendu au profond d'une haie. Les champignons, les mûres, les noix ne sont pas perdus.

Ce soir, notre bûcheron ploie sous son fardeau et ses soixante-dix années de misère.

Exténué, il s'arrête près du tronc d'un immense chêne aux branches moussues et noueuses. Le sous-bois est dense, plein d'ombres noires, impénétrables.

À cette heure tardive, le crépuscule envahit la forêt et toutes choses se déforment et se transforment en figures cauchemardesques : une branche morte devient le bras d'un squelette, des feuilles mortes font un crêpe de deuil qui frémit au moindre souffle...

Le bûcheron n'a pas peur, il est habitué à tous ces fantômes qui sont sa compagnie, il ne s'en occupe même pas.

Ce soir il s'est arrêté, a posé son lourd fagot qui lui brise les épaules, lui tenaille les reins. Dans ce lieu lugubre, des pensées tristes l'accablent. Il n'a pas l'habitude de penser, de réfléchir sur sa vie de misère : son cerveau ne fonctionne pas pour ces réflexions.

Qu'a-t-il fait de sa vie ?

Il a toujours vécu misérablement.

Quel plaisir a-t-il depuis qu'il habite dans sa misérable masure avec sa femme malade ?

La chaleur, le froid, la solitude, la maladie, les soucis de toutes sortes pèsent sur son dos, défigurent son visage.

Que fait-il sur cette terre qui l'emporte vers l'infini ?

Il a trimardé, soigné sa femme qui décline de jours en jours : pauvre vie que tout ça ; ce soir il est fatigué, ses reins lui font mal, il n'a plus aucune ressource, il n'a que des mauvaises pensées.

Vivre dans ces conditions, il vaut mieux mourir.

Il pense à la mort qui le délivrerait de tous ces maux : le repos qui lui ferait tant de bien, et le paradis où les plaisirs et les joies sont éternels. La mort, la mort où tout s'arrête ; la souffrance, la misère, il serait si bien...

Exténué, il entrouvre les yeux et au plus noir d'un fourré proche.

Une ombre remue, des bruits indéfinissables, il croit apercevoir une forme fantomatique qui s'approche ; elle est grise et il semble bien qu'elle porte une faux, à moins que ce soit une branche cassée.

Encore absorbé dans sa rêverie, il a un sursaut, lui qui n'a jamais peur.

Il a souhaité la mort, la voilà, elle vient, elle va l'emporter sans faire de bruit ; il ne reverra plus sa femme, sa maison... L'inquiétude, la peur, l'angoisse le saisit.

Sur son dos en sueur, il recharge rapidement son lourd fardeau. Il n'a plus qu'une idée : regagner au plus vite sa demeure, revoir sa femme, sa cheminée où brûle un bon feu de bois.

Malgré tout c'est presque le paradis...

LE CERISIER DU PÈRE THOMAS

Le père Thomas avait soixante-dix-huit ans. Un beau vieillard aux cheveux blancs qui gardait bien sa forme.

Il cultivait encore son jardin pas très grand, il est vrai, mais assez pour l'occuper une partie de la journée.

Au printemps on pouvait le voir, se baisser, se relever, pour semer ou repiquer quelques salades. Il portait les mains à ses hanches pour se relever, ses jambes et son dos n'avaient plus la souplesse de ses vingt ans.

Suivant les saisons, des rangées de légumes sortaient de terre : des choux gros comme la tête d'un bébé, des tomates rouges comme le nez d'un auguste, des laitues vertes où brillaient des gouttes de rosée au lever du soleil.

Les carottes lui posaient problème car il faut les désépaissir : il avait bien essayé de les semer le plus clair possible, mais beaucoup de jeunes carottes se serraient entre elles comme si elles avaient peur de s'enfoncer en terre.

Le père Thomas s'agenouillait, mais ses jambes s'ankylosaient vite, il fallait qu'il se relève et cela lui était pénible.

Les voisins qui passaient étaient en admiration devant ce potager si bien entretenu. Pour les remercier il allait cueillir des fleurs de saisons et leur offrait.

Soixante-dix-huit ans et le père Thomas ne voulait pas s'arrêter, le jardinage entretenait sa forme et malgré quelques douleurs et courbatures, il était présent tous les matins, le panier au bras, fier de glaner sa récolte.

Ce jour-là, le père Thomas plantait un cerisier. Un petit cerisier, un peu moins haut que lui avec, sur les ramure, quelques dernières feuilles jaunes. Le tronc n'était guère plus gros que le manche de sa bêche.

Novembre enneigeait le ciel et le vent du nord chassait des nuages noirs sans succès.

Il avait fait un trou d'une bonne grandeur et mis une pelletée de compost au fond. Les racines bien étalées, le tronc vertical, tout cela prenait forme. Les oiseaux frileux dans les buissons piaillaient craintivement. La campagne était grise, calme, et un corbeau en croassant se posa lourdement sur un arbre voisin.

Le père Thomas était satisfait de son travail.

Au loin sur la route, il entendit des voix : c'était deux jeunes gens du village qui passaient, riant et chahutant.

Ils s'arrêtèrent pour le saluer.

- Bonjour père Thomas. Qu'est-ce donc vous plantez là ? Il est bien maigrelet votre arbre.

- C'est un cerisier mes petits gars, quand il sera grand, vous pourrez venir cueillir des cerises !

- Eh bien dites donc, on a le temps d'attendre ! Vous ne pourrez même pas en profiter, vous serez mort bien avant ! Cultiver vos légumes d'accord, mais un arbre ça ne pousse pas vite.

Ils rirent de ces bons mots et le père Thomas ne répondit pas. Il tasse bien la terre autour du tronc, va chercher le grand arrosoir et fait couler de l'eau à profusion sur les racines...

« Ah ! ces jeunes, pense-t-il, ils sont bien pressés, mais que leur réserve la vie, personne ne le sait. C'est vrai qu'à mon âge ils ont plus de chance de cueillir les cerises que moi, mais l'âge ne doit pas empêcher d'avoir des projets, sinon la vie aboutirait au néant. » Voilà ce qu'il pensait notre vieux jardinier en rentrant pensivement chez lui.

Un matin la neige recouvre toute la campagne. La bise forme des congères devant les portes. Il faut prendre le balai et dégager une allée étroite pour pouvoir sortir.

Avec son épouse, la Marie, le père Thomas bricole devant le poêle qu'ils ont installé au milieu de la pièce. Une marmite en fonte noire laisse fuser un filet de vapeur qui sent bon.

Le rude hiver en Morvan s'est installé pour plusieurs mois. Le chasse-neige tiré par deux forts chevaux va ouvrir les routes et les rares voitures pourront circuler très prudemment sur le verglas.

Des enfants reviennent de l'école, se bataillent à coups de boules de neige. D'autres dressent un bonhomme de neige, la tête est posée sur le tronc, il ne manque qu'une carotte pour faire le nez rouge. Ils viendront la demander au père Thomas, lui qui en récolte de si belles dans son jardin !

Un matin gris et triste, la voisine, la Léontine, frappe à la porte et entre toute affolée chez le père Thomas.

- Quoi donc qui vous arrive ? dit celui-ci qui préparait des osiers pour confectionner un panier le soir à la veillée.

- Il arrive un bien grand malheur dans notre village !

Elle est toute bouleversée, la Léontine, ses lèvres tremblent, ses jambes se dérobent, son visage est vieilli de dix ans ; elle chiffonne son mouchoir blanc dans ses mains qui se tordent.

- Oui un grand malheur, deux morts d'un coup et deux jeunes en plus. Le Robert et le Joseph tous les deux tués dans un accident de voiture.

Dans ces moments-là on ne sait plus quoi dire. Le père Thomas a les deux bras ballants. Il s'appuie contre la maie.

- C'est à l'automne que je les ai vus pour la dernière fois. J'étais en train de planter le cerisier, celui qui est près de la route départementale. Pauvres petits gars... il y aura du monde à l'enterrement c'est sûr...

L'année suivante par un beau matin de mai, le père Thomas s'approche du petit cerisier. Il sort de sa poche son couteau qui lui sert à mille choses et grave sur l'écorce du jeune arbre deux minuscules initiales R.J. « Robert et Joseph ».

Les timides bourgeons de l'arbrisseau commencent à éclore. Mai ratisse le ciel de nuages légers. Une brise agréable folâtre sur le jardin. Un merle siffle dans le buisson d'aubépine. C'est lui qui mangera les cerises !

LA BOURSE DE LA MARGUERITE

La Marguerite habitait une modeste maison avec son mari ; ils étaient jeunes et s'étaient mariés depuis peu.

La maison abritait leurs premiers amours. Courageux tous les deux, ils mûrissaient des projets bien simples mais qui donnaient un sens à leur vie.

La demeure était entourée d'une parcelle de terre arable et de quelques ares d'un pré où l'herbe poussait abondamment.

Ils rêvaient d'acheter une chèvre, quelques poules, ce qui au début améliorerait leur ordinaire. La chèvre verrait bientôt gambader quelques cabris, les poules donneraient des œufs et puis des poussins.

La Marguerite, bonne ménagère, tirait parti de la moindre chose ; des légumes du jardin, des champignons dans les bois, des fruits sauvages, de la pêche et peut-être un peu de braconnage.

L'hiver venu, tous les deux près de la cheminée où flambaient des bûches de bois mort, Marguerite cousait, tricotait, rapiéçait et son homme confectionnait des paniers qu'il irait vendre ou qui serviraient à recueillir fruits et légumes.

La foire dans la localité proche avait lieu le mardi. Les fermiers exposaient leurs vaches, de belles charolaises engraissées sur les verts pâturages, des petits veaux bons pour la boucherie.

Les paysans vantaient leurs légumes, des pommes de terre, des choux énormes, des salades fraîchement cueillies, des tomates récoltées au jardin, des poireaux aussi gros que le poignet, des herbes aromatiques, bouquets de thym, de persil, de ciboulette...

Des fermières assises sur des caisses en bois proposaient des œufs frais pondus, des poules aux pattes attachées qui s'affolaient et parfois des poussins jaunes qui venaient de briser leur coquille.

Le choix était partout, ustensiles de ménage, vêtements, fromages et le célèbre fromage blanc avec la crème qu'on servait à la louche.

Mais la Marguerite et son mari avaient bien fixés leurs achats : des poules et une chèvre. C'était leur rêve pour l'instant.

La chèvre nourrie dans le pré donnerait du lait et certainement des chevreaux. Les poules ne coûtent pas fortune à nourrir : quelques grains glanés, des insectes dans le pré. Ils auraient des œufs pour de bonnes omelettes et pour vendre. Ils discutaient de ce projet devant la cheminée où brûlait une bûche qui suintait dans sa souffrance.

Ils avaient décidé que la Marguerite irait seule au marché ; elle était femme à savoir conclure cette affaire, c'est elle qui s'occupait de la bonne marche du ménage... Elle achèterait à un paysan qu'ils connaissaient la chèvre et les poules ou des poussins que le paysan leur livrerait.

Par un mardi du mois d'avril, la Marguerite se fit belle ; robe bien échancrée et souliers plats. Les oiseaux chantaient, les insectes bourdonnaient dans les buissons déjà fleuris.

Son mari lui confia la bourse, pleine de pièces qui représentaient leurs économies et leurs espoirs. Elle la serra bien fort dans sa main, la jugeant plus en sécurité que dans une poche de sa robe.

Elle suivit un sentier bordé d'une haie de noisetiers et de fleurs sauvages, un raccourci pour atteindre la ville.

Elle arriva près de l'étang qu'elle connaissait, puisque quelquefois ils allaient pêcher des carpes, des tanches et même un jour ils avaient attrapé un petit brochet. L'eau était immobile profonde et noire. Sur la berge opposée, de grandes feuilles de nénuphars s'étalaient, disques ronds et verts, où les grenouilles trouvaient refuge.

La Marguerite s'arrêta un instant, elle s'accouda sur la vanne qui servait à vider l'étang et s'amusa à contempler son visage qui se reflétait dans cette eau comme en un miroir.

Elle ne vit pas venir, tant leur vol était imprévu et rapide, plusieurs dizaines de guêpes furieuses qui tournoyaient autour de sa tête. Elles avaient été dérangées de leur nid construit près de la vanne.

Elles attaquaient à droite, à gauche, le dard acéré comme autant de baïonnettes.

La Marguerite se défendit en faisant de grands moulinets avec ses bras, mais tout à coup elle sentit une piqûre tellement douloureuse à sa main qu'elle laissa choir dans l'eau noire et profonde, la bourse.

Celle-ci alourdie par l'argent de leurs rêves s'enfonça aussitôt. Pauvre Marguerite ! Elle courut sur le chemin du retour, les larmes aux yeux, la main endolorie avec l'angoisse d'affronter la colère de son mari.

Des heures de travail, des jours de privation, et les rêves qu'ils avaient faits tous les deux, tout cela au plus profond de cette eau dormante.

Elle se sentait coupable, c'était elle la fautive, elle qui avait ouvert sa main comme une petite gamine douillette.

Quand elle arriva son mari enfonçait le dernier pieu clôturant le pré. Elle se jeta dans ses bras, éclatant en sanglots. Mais son homme la consola, le projet si bien tombé à l'eau referait surface. Il soigna sa main piquée en plusieurs endroits et le soir, tendrement enlacés, le désespoir fut de courte durée.

LE SILENCE DU PÈRE PAUL

Monsieur Poulain est cordonnier dans sa bourgade au sud de Nevers. Cinquante ans qu'il répare des chaussures. Les voisins le surnomment le père Paul.

Il est maigre, le visage mal rasé, mais paisible, le regard honnête des gens qui mènent une vie tranquille, les cheveux grisonnants. Un tablier de cuir tout usé lui enserre la taille. Autour de lui sur les rayons, des chaussures diverses, la plupart usagées, attendent que leur propriétaire viennent les reprendre : des bottes, des galoches, de solides souliers réservés pour les dimanches, quelques beaux souliers de dames sont alignés.

Une forte odeur de colle est imprégnée partout, sur les chaussures, les murs et sur lui-même.

Lorsqu'une chaussure est bonne à ressemeler, qu'un sabot a perdu sa bride, le paysan dit : « Je vais chez le père Paul, il va bien me réparer ça... »

Il ouvre la porte de la petite boutique ce qui fait tinter une clochette suspendue à une ficelle toute effilochée. Lorsque le temps est doux, la porte est ouverte et l'on peut entendre notre cordonnier chanter.

Qu'il soit gai, qu'il soit triste, que le soleil inonde son établi ou que la pluie cingle les vitres, même si par étourderie il se tape sur un doigt, le père Paul n'arrête pas de chanter.

Il chante des rengaines qu'on fredonne dans les rues, des chansons qu'il a apprises dans son enfance ou au régiment ; son répertoire est varié.

Les gens qui passent s'arrêtent souvent pour l'écouter et ils pensent qu'il est bien heureux le père Paul ; il ne doit pas gagner une fortune, mais il travaille honnêtement, il n'est pas malade, n'a pas trop de soucis, alors il chante.

Cela fait plaisir de reconnaître qu'on peut être satisfait d'une vie modeste.

Les rues dans la bourgade sont étroites, elles sont pavées et silencieuses. Rares sont les voitures qui empruntent ces dédales. Les façades des maisons se touchent presque.

Devant la boutique de ce cordonnier, un monsieur d'un certain âge habite une maison embellie d'une façade presque luxueuse qui dénote un peu dans ce quartier. Une plaque en cuivre qui brille à la porte indique sa profession : « notaire ».

Les paysans qui tirent la sonnette sont habillés en dimanche. Un homme et une profession respectables presque sévères. On dit monsieur le notaire ou maître Bonneau en retirant son chapeau. C'est une personne riche, bien plus riche que le médecin qui soigne parfois bénévolement des malades nécessiteux, éloignés de son cabinet.

Le notaire est un officier public qui reçoit et rédige des actes importants. Il traite des affaires d'argent, le médecin des affaires de santé.

Ce riche notable ne dort guère et bien mal. Il veille sur son argent nuit et jour. Toujours soupçonneux, inquiet, il se méfie des voleurs, compte et recompte ses additions, vérifie tous les papiers timbrés, ses honoraires ; il adore avec son index mouillé sentir glisser les billets neufs qu'il réunit en grosses liasses.

Un matin, alors qu'il sommeillait, il fut réveillé par une rengaine que notre cordonnier chantait peut-être trop fort. Ce n'était pas la première fois. Mais ce matin-là, il n'aimait pas cette chanson qui lui rappelait de mauvais souvenirs, il était tout agacé car toute la nuit un repas trop copieux lui avait torturé l'estomac.

« Comment peut-il chanter cet énergumène qui gagne une misère, qui n'a pas deux sous dans sa bourse, alors que moi, portefeuille plein à craquer, je ne chante pas mais en plus je ne dors pas. »

Notre notaire encore tout ensommeillé imagine un plan qu'il pense être efficace : « Je vais lui acheter son silence. Pour une somme pour moi dérisoire, et pour lui une fortune, je n'entendrai plus dès l'aurore ces chansons qui m'énervent. »

Il se lève, s'habille en jubilant, ferme à double tour sa grosse porte d'entrée, traverse en deux enjambées la petite rue et se trouve devant le malheureux chanteur.

- Or ça, père Paul, que gagnez-vous par an ?

- Pourquoi donc cette question ? dit le cordonnier, le marteau levé prêt à taper sur la semelle d'une chaussure qu'il tient serrée entre ses cuisses.

- Vous me réveillez tous les matins avec vos rengaines qui me brisent les oreilles. Moi je n'aime pas entendre chanter ; imaginez-vous père Paul, que moi aussi je chante devant mes clients ? Si vous chantez c'est pour cacher votre désespoir de ne pas gagner plus ; je le sais – vous êtes pauvre, je suis riche. Les temps sont difficiles ; je vous donne une bonne petite somme qui vous servira en cas de besoin. C'est à vous, gardez-la bien précieusement.

Le cordonnier fut ébloui de voir tout cet argent qui, pour lui, représente une montagne, pour le notaire un simple mamelon.

- Cachez-le bien ; les voleurs traînent les rues.

Le bienfaiteur parti, le cordonnier quitte son établi, descend dans sa cave à la lueur d'une bougie, écarte quelques toiles d'araignée couvertes de poussière, et enterre son magot sous une grosse pierre noire et humide.

Quel soulagement de savoir son trésor caché, de n'être plus un pauvre miséreux qui se fatigue pour quelques sous. Riche, il est.

Une nuit alors qu'il dort d'un sommeil agité, il entend du bruit quelque part, dans la rue, dans la maison, dans la cave peut-être ; il s'habille en toute hâte, allume la bougie et descend voir : ce ne sont que deux chats qui se disputent sous la fenêtre.

Dans son atelier, tout en travaillant, il a l'œil aux aguets : même ses clients habituels venant lui faire réparer une chaussure lui semblent suspects. Il ne chante plus.

Le notaire a gagné. On ne peut pas chanter et prêter l'oreille aux moindres bruits. Inquiet toujours, il se tape sur les doigts car son œil est partout. Le travail est mal fait, des clients sont mécontents.

Les voisins passent, surpris, déconcertés, étonnés de ne plus entendre le cordonnier chanter. « Il a changé le père Paul » murmurent les fermières du village et toutes, par des mots gentils, essaient de savoir, et ces mots gentils finissent d'inquiéter le père Paul.

« Tout le village doit savoir » pense-t-il et il se mure dans son angoisse.

À la fin, n'en pouvant plus, le pauvre homme déterre son magot, traverse la rue, le dos courbé, frappe à la lourde porte du notaire. Celui-ci le reçoit étonné et perplexe ; mais le cordonnier ne lui laisse pas le temps de la réflexion :

- Tenez, lui dit-il en lui tendant un paquet bien ficelé, je vous rends votre argent ; vous pouvez compter, tout y est. Vous savez maître, ce sont trop de soucis pour ma pauvre personne que de veiller sur cette somme si importante ; j'en perds le dormir et le manger, j'en perds même le plaisir de chanter.

- Très bien, lui dit celui-ci, mais vous avez tort, cette somme dérisoire aurait pu vous rendre service.

- Peut-être, dit notre cordonnier, mais maintenant je vais pouvoir chanter à nouveau... Mais pour vous faire plaisir, je chanterai un peu moins fort...

L'AVARICE DU PERE PÉRICHON

Le père Périchon possède une petite ferme en Morvan.

Pas une grande exploitation, non. Un jardin de quelques ares où il cultive des légumes pour la soupe. Un pré étriqué où deux chèvres mendient de quoi se nourrir. Un clapier où une demi-douzaine de lapins attendent une brassée d'herbe cueillie le long des sentiers.

Dans la cour des poules en liberté caquettent en grattant la terre à la recherche de graines ou de vers : des Gâtinaises, les meilleures pondeuses du village et un coq superbe, copie exacte du coq qui tourne au faîte du clocher.

Le père Périchon, le visage mal rasé, les cheveux gris blanc, habillé d'une veste et d'un pantalon rapiécés, usés, sales, paraît bien plus âgé alors qu'il n'a que cinquante ans.

Il vit avec sa femme, fermière imposante, portant toujours tablier noir et bonnet blanc, dans une maison bien délabrée qu'ils ont acquise en économisant durant de longues années.

Entre champs et forêts du Morvan, entre étés chauds et hivers rudes, la vie est difficile.

Il faut se contenter de peu, prévoir et économiser, sortir les pièces de monnaie pour les besoins strictement nécessaires.

Nos Morvandiaux sont devenus économes par peur de manquer, par peur de se retrouver seuls et sans aide. Mais plus qu'économe, le père Périchon est avare. Il n'est jamais satisfait, ses pièces il les compte, ses doigts noueux caressent les billets et les plient soigneusement dans une boîte à biscuits vide bien ficelée, qu'il cache dans un endroit pratiquement inaccessible.

Sa femme connaît très vaguement l'emplacement. Les portes et les fenêtres sont fermées à double tour, lorsqu'il sort la boîte de sa cachette. L'avarice fait naître la méfiance et la prudence.

Tous les mercredis matin, le couple va vendre sa marchandise au marché sur la place de la petite ville.

Durant la belle saison, quelques légumes du jardin, des salades où s'attardent des perles de rosée, des tomates si belles qu'elles sont rouges de plaisir, des courgettes, une botte de radis près d'une poignée de persil.

Quelquefois un lapin blotti dans un panier attend qu'une paysanne le soulève par ses longues oreilles rabattues pour le soupeser et peut-être l'acheter.

Près de cet étalage bien modeste un grand panier rempli d'œufs à la coquille blanche comme porcelaine.

Le père Périchon est fier de ses œufs. C'est ce qu'il vend le plus facilement et les acheteurs savent reconnaître la qualité.

Il a bien pensé posséder plus de poules pour développer ce commerce, mais les poules ne sont pas toutes de bonnes pondeuses comme cette poule extraordinaire : la belle Gâtinaise qui pond presque trois cents œufs par an.

Un beau jour, il lui est venu une idée : si cette poule pond autant d'œufs, elle pourrait en pondre plus encore si on lui administrait un traitement particulier. Pour cela il suffit de la gaver, de l'enfermer, qu'elle ne dépense pas son énergie à courir pour dénicher quelques graines.

Le père Périchon se voit déjà entouré de paniers d'œufs, les gens venant des localités lointaines pour déposer dans sa main aux doigts crochus quelques belles pièces.

Donc, suivant son inspiration, cette poule est gavée, enfermée dans une petite cage grillagée et nourrie des meilleures denrées qu'on peut lui procurer.

Mais la poule se bat contre le grillage, elle a l'habitude de folâtrer tout son soûl dans une herbe qui cache tant de savoureux insectes et de bonnes graines. Elle pond de moins en moins, un œuf tous les deux jours, parfois moins. Plus on la chouchoute, plus les œufs sont petits et rares.

Le père Périchon se met en colère. Planté devant la cage, se tenant la tête, il jure de bons coups mais il insiste dans ce traitement qu'il croit miraculeux.

Un matin ouvrant la porte du poulailler, le père Périchon a une sacrée surprise : dans sa cage grillagée, la tête pendante, la crête affaissée, le plumage défait, la poule est morte. Notre fermier court vite annoncer la mauvaise nouvelle à sa femme et lui raconte son étonnement. Il pense trouver un réconfort, mais l'imposante fermière, la main sur les hanches l'injurie presque.

- De vouloir trop, on perd tout, mon homme, que cela te serve de leçon ! Et on ne peut même pas manger cette volaille, va savoir de quoi elle est morte !

Le père Périchon baisse la tête et s'en va penaud, il pense à une certaine fable qu'il avait apprise dans son enfance...

LES DEUX PÊCHEURS

La Dragne est une rivière morvandelle. Elle prend sa source à Rangère et traverse en musardant des bois de chênes, de charmes, de hêtres sous une ombre épaisse et humide. Elle flâne tranquillement parmi des prés verts où ruminent les forts bœufs charolais et les vaches laitières. Elle coule en bordure des champs où les pommes de terre, le blé, l'orge poussent dans cette terre cultivée depuis toujours.

Prenant naissance dans les prés, des sources quasi invisibles filtrent entre quelques pierres. On les découvre grâce à l'herbe plus verte en ces endroits. Le paysan les connaît et se désaltère l'été de cette eau limpide et fraîche qui serpente vers la rivière.

La Dragne parfois joue entre des pierres polies ou vermoulues, créant de petites cascades où se faufile la truite.

Un tronc d'arbre abattu sert de pont où l'on se risque pour rejoindre l'autre rive.

Cette rivière attire les pêcheurs, paysans et fermiers des domaines riverains, qui connaissent depuis leur enfance tous les trous où l'eau dormante cache les poissons, tous les méandres où fourmillent les vairons, les goujons, les ablettes.

Par une belle matinée d'un dimanche ensoleillé, le père Paulin, pour se reposer des travaux de la ferme, décide d'aller pêcher.

L'attirail n'est pas compliqué : en guise de gaule une branche de noisetier longue et souple, du fil de nylon et quelques petits hameçons.

Dans une boîte en fer de pastilles « valda » dont il a percé le couvercle de petits trous, se tordent dans la mousse des vers de terre découverts parmi les couches chaudes du fumier. Sur l'épaule une musette grise où sa femme a enveloppé une tranche de pain, un morceau de saucisson à l'ail, sans oublier la chopine. Le voilà parti, heureux dans les sentiers, franchissant les échaliers, longeant les hautes haies, trésors du Morvan.

La Dragne coule en lisière d'un pré ; sur l'autre rive quelques arbres dont un saule viennent tremper leurs racines dans l'écume blanche de l'eau.

Le père Paulin s'approche lentement, savourant cet instant merveilleux où le plaisir à peine entamé va se poursuivre durant une partie de la journée.

Il choisit l'emplacement, mais il le connaît déjà. Depuis des années qu'il vient, voilà longtemps qu'il a repéré cet endroit : la rivière dessine une courbe et cela forme un trou assez profond sur quelques mètres.

L'été, lorsqu'il était gamin, il venait se baigner là avec ses camarades. Ils jouaient à moitié nus tout l'après-midi, s'aspergeant et se séchant sur l'herbe chaude. Le soir, les vaches, d'un pas lent, s'approchaient pour s'abreuver. Il s'en souvient notre vieux pêcheur, et cela le rend un peu morose.

Les années ont passé, des copains sont morts, il se retrouve souvent seul et se réserve encore ce plaisir pour tromper sa mélancolie.

Le père Paulin ne se fatigue plus à la pêche : à son âge il préfère rester tranquille sur la berge se contentant de taquiner les goujons, les ablettes, les vairons qui foisonnent à ses pieds.

L'eau glisse doucement, à peine un discret murmure ; une vaguelette se heurte à une racine, le floc d'un poisson au loin trouble ce calme, honteux de ce petit bruit...

En face un écureuil fait l'acrobate sur une branche qui plie, observe de ses yeux ronds le pêcheur, puis se cache derrière le tronc. Une libellule égratigne la surface de l'eau qui se ride un instant.

Le père Paulin se régale de tout ce spectacle : c'est un moment heureux qui le repose.

Il a déjà plusieurs vairons, quelques goujons, des ablettes au ventre argenté, mais il en faut des dizaines pour constituer une bonne friture. Sa femme, la mère Paulin, cuisine admirablement. Dans la poêle noire, la friture va griller, tous les deux vont se régaler devant un verre de piquette, produit de leur vigne.

Il pense à tout cela notre homme et sans être riche, il est heureux.

Le flotteur, une plume d'oie passée à travers un bouchon de liège, s'enfonce, et voici encore un goujon qui frétille au bout de la ligne.

C'est à ce moment qu'arrive un autre pêcheur, un homme d'une quarantaine d'année qui habite dans les environs.

Ils se sont rencontrés à l'occasion des battages, des foins, des marchés en ville. On murmure un bonjour, on s'interroge sur les prises, sur le temps, grande préoccupation à la campagne.

L'homme tient à la main une canne à pêche dernier cri qui brille et apeure le poisson, moulinet ultra rapide, scion flexible et fin avec anneaux pour laisser défiler le nylon, achetée chez le quincailler de Moulins.

Une grande gibecière plate l'encombre.

- Quoi donc attrapez-vous là, père Paulin ? C'est rien du tout. Moi je ne m'amuse pas à pêcher ce menu fretin, attrapez plutôt une belle truite pour votre femme, elle sera bien plus contente...

Le père Paulin lui répond que cela leur suffit et au moins il rapportera quelque chose, c'est certain.

Sur la route du retour, il croise son voisin, la canne à pêche sous le bras, la casquette sur les yeux, le dos courbé, la gibecière aussi plate qu'une lame de couteau.

- Alors et ces truites ? crie le père Paulin, le sourire narquois.

- Pas une ! Ça ne mordait pas du tout. Le temps ne s'y prêtait guère. J'en ai raté deux belles ce n'est pas mon jour !

Rentré à la maison, le père Paulin déverse sa pêche dans un seau, une bonne friture en perspective.

« J'ai rencontré le voisin, il est rentré bredouille mais, attention, lui ne pêche que la truite ! ».

- Ça ne fait rien mon homme, qu' il court après sa truite, nous c'est sûr, nous allons toujours nous régaler d'une bonne friture !

Et le soir, ils se délectèrent de ce plat croustillant dont les senteurs se répandirent peut-être jusque chez le voisin.

LE MAIRE ET L'ENVIEUX

C'est une drôle d'histoire qui se déroule dans une petite ville nivernaise encerclée de grandes forêts, de champs et de prés où ruminent, tranquilles, des vaches laitières.

Le clocher domine les toits gris des maisons éparpillées autour. Des rues étroites, des boutiques sobres, trois bistrots où se regroupent les jeunes le dimanche.

Pour la Saint-Jean, le jour le plus long de l'année, on allume les « bordes », grands feux que les paysans ont élevés avec les déchets des haies qu'ils ont taillées. Le parquet est installé dans un pré, on y danse aux sons de l'accordéon et parfois de la vielle. Quelques baraques foraines sont installées, des manèges pour enfants aussi.

Le maire de cette petite ville est agriculteur, les fonctions à la mairie ne l'occupent pas à plein temps.

Un chapeau gris aux bords déformés cache ses cheveux gris ; une veste de velours aux nombreuses poches, des bottes noires qui lui montent jusqu'aux genoux, voilà tel qu'on peut le rencontrer dans les champs.

Les villageois le disent costaud, son poids dépasse le quintal, ses bras où se dessinent des muscles puissants savent manier le manche des outils. Un cou râblé, ce qui lui donne une impression de force tout comme son ventre rebondi tel un petit tonneau qui enfle sa veste.

Mais lorsqu'il redevient le premier magistrat de la commune, l'homme oublie le paysan qui travaille dans les champs.

Il fait des envieux...

L'écharpe tricolore portée obliquement d'une épaule à la hanche opposée lui donne une autorité que nul ne conteste. De lui se dégage une force, une assurance qui met l'auditoire en confiance.

Ce qu'il proclame est vrai. Un embonpoint pareil prouve la réussite, la prospérité. La rondeur du ventre, qui tend l'écharpe, en impose, toute une force de savoirs et de connaissances que personne ne nie. Les paysans approuvent de la tête, les bras ballants, les mains aux callosités noires sont en repos. Ils sont admiratifs. Les fermières venues des fermes lointaines, quelques-unes coiffées d'un turban gris qui maintient leurs cheveux blancs sont immobiles, fascinées par ces paroles qu'elles trouvent justes.

Quand l'allocution est finie, les villageois se groupent autour du maire, les femmes lui font des courbettes, des paysans satisfaits l'invitent à quelques apéritifs ; le maire est un notable.

Même les jeunes filles, les joues rosies par le vent et la timidité s'approchent de lui, attirées par une force mâle qui se dégage de sa personne. La rondeur du ventre leur plaît, elle se sentent en sécurité. Quelques-unes l'embrassent.

On est sous la protection d'un magistrat important. Lors de ces réunions un jeune paysan écoute avec attention le discours du maire en le jalousant.

Lui, personne ne le regarde, il rêve d'applaudissements.

Lors des discussions, les paysans l'écoutent à peine, les femmes ne lui prêtent aucune attention. Il faut avouer que son physique est quelconque : grand, maigre, le visage émacié, des yeux sans une lueur de savoir, aucune puissance physique ou intellectuelle ne se dégage de ce grand échalas.

Comment peut-on être crédible sans avoir un certain embonpoint ; être imposant sans un ventre proéminent qui dénote un passé solide, de terre et de savoir.

Le maire est bien campé sur ses jambes, il tient debout. Le jeune homme, lui, le souffle d'un adversaire peut le faire basculer. Il n'est guère convaincant.

Aussi a-t-il décidé de grossir. De peser plus d'un quintal et d'obtenir un ventre plus énorme encore que celui du maire. Il va venir, le ventre rond en avant, imposante stature parmi les villageois qui feront cercle autour de lui. Lorsque l'écharpe tricolore l'enserrera , les gens l'écouteront, il sera devenu un notable envié.

Dès lors, il dévore, il engouffre, il réclame double repas. Tous les matins il mesure son tour de taille gagnant centimètre par centimètre. Il évite les durs travaux, il se repose.

L'alcool, le sucre, l'apéritif, il en absorbe, il en abuse.

Il grossit. Sa personne s'est alourdie de quinze kilos. Ses proches se demandent avec inquiétude ce qui lui arrive, mais il cache bien son secret : il sera maire un jour.

Le ventre du futur magistrat a maintenant la grosseur d'un ballon ; mais cela ne va pas sans contrainte et même quelques douleurs. Plus il grossit, plus il est malade.

Il mange encore plus, il devient énorme. Les gens plein de sagesse ne comprennent pas.

Le docteur est venu ; lui qui l'a connu si fluet essaie de comprendre. Il faut subir des examens, des tests médicaux.

Quelques semaines plus tard, une ambulance vient le chercher. Les nouvelles sont mauvaises.

Un matin, la petite ville est en émoi ; de bouche à oreille on murmure la nouvelle : le jeune paysan est mort.

Le cercueil repose sur deux tréteaux dans l'église où les gens se pressent, tant par curiosité que par incompréhension. Quatre villageois plient sous le poids du cercueil et le porte jusqu'au corbillard.

Monsieur le curé prononce son oraison. Les paysans, le chapeau entre les mains, murmurent quelques bribes de prière.

- Il était devenu presque aussi gros que moi, dit le maire aux gens qui l'entourent.

LE COCHER DU CORBILLARD

En Morvan voici bien longtemps, les enterrements se déroulaient ainsi : le corbillard était tiré par un cheval, guidé par un cocher installé sur un siège dominant la situation. Le cheval était harnaché d'une robe noire. Parfois un pompon noir aussi aux quatre coins du corbillard.

On apercevait le cercueil enseveli sous des monceaux de fleurs pour les grands enterrements de gens importants, que tous les villageois connaissaient et qui voulaient lui rendre un dernier hommage. Juste une couronne posée sur la planche en bois blanc du cercueil pour une personne pauvre ou solitaire. Une croix en métal ou en bois était toujours présente.

Un corbillard ainsi accoutré allait tristement sur une route cahoteuse et enneigée vers le cimetière tout en haut du village. Il était suivi de cinq personnes de noir vêtues : deux femmes, le visage assombri par un crêpe de deuil, et deux hommes emmitouflés dans de longs manteaux noirs.

Derrière ces quatre personnes, marchait et trébuchait le curé, un chapelet entre les mains, marmonnant des prières et des offenses contre le temps abominable qui lui rendait la vie si difficile.

Il avait neigé. La neige se mélangeait au sol détrempé, et formait une boue qui s'étalait jusque dans les fossés. Les roues creusaient des ornières, les chaussures étaient empâtées de neige qui collait sous les semelles. Le ciel lourd et gris comme du plomb touchait la terre blanche. Une bise courbait les arbres.

Le mort était un monsieur qui vivait seul, indépendant. Il n'avait plus de famille, sauf un neveu éloigné, seul héritier qui, bizarrerie de la chose, était le préposé pour ce travail de cocher.

Sans être vraiment riche, le mort laissait malgré tout un bon petit bas de laine qui aurait fait bien des envieux.

Le chemin malaisé, montait, longeait de profonds fossés et des contrebas remplis de neige. Le cheval de trait martelait le sol détrempé.

Le cocher n'en menait pas large. Perché là-haut sur son siège, bousculé, gelé, il tenait ferme les guides.

Le froid lui glaçait les mains et les pieds. Il avait hâte d'arriver pour déposer le mort dans la tombe, et concrétiser ses espoirs d'héritage. Déjà il pensait qu'il faudrait aller voir le notaire pour qu'enfin il puisse toucher ce dont il avait droit de la part de ce bon monsieur qui dans sa boîte n'avait certainement pas les pieds aussi froids que les siens !

Malgré cette situation désagréable et le respect qu'on doit aux défunts, notre cocher arborait un sourire discret car pour lui les jours à venir n'apparaissaient pas si mauvais. Depuis des mois qu'il attendait !

C'est sur cette agréable pensée que la catastrophe arriva : un heurt violent, une roue qui se brise, et le corbillard, le cocher, le cheval, le cercueil, tout se renverse et tombe à grands bruits dans un ravin profond.

Les personnes qui suivent s'agitent, mais sont impuissantes devant l'accident. Les hommes courent chercher de l'aide. Monsieur le curé lève les bras au ciel.

Le cheval, les quatre fers en l'air hennit douloureusement. Le corbillard renversé est disloqué. Le cercueil éjecté, a deux planches déclouées. Sur la neige une grande tache rouge s'étale sous la tête du cocher. Une roue lui a broyé le crâne et le poids du cheval l'enfonce dans la boue.

Il agonise.

Quelques jours plus tard à son enterrement, on entendit des voix graves chuchoter des propos dans les conversations, c'est que les gens du village savaient bien qu'il était le seul héritier.

Lui qui se réjouissait de cet héritage ne pensait certainement pas rejoindre si vite son donateur, au paradis.

La vie est ainsi faite : il ne faut compter sur rien, même pas sur sa propre vie.

LE PRÉ DES ÉCURIES

Le père Dinand possédait une riche propriété en Morvan. Plusieurs hectares de bonne terre qu'il cultivait avec ses trois fils, sa femme et sa fille.

Sa fille, une belle brunette aux formes arrondies, aidait sa mère à tous les travaux ménagers : la lessive, le ménage, la traite de plusieurs charolaises, la basse-cour, le cochon, des tâches quotidiennes qu'il fallait assumer, en plus de préparer la soupe qui était le plat principal du repas : une soupe épaisse aux larges tranches de pain, avec des légumes du jardin, qui réconfortait les travailleurs.

Le soir toute la famille se réunissait autour de la lourde table rectangulaire en bois épais. Sur les deux bancs, les places étaient acquises depuis toujours. La femme et la fille près du fourneau, le père près d'elles. De l'autre côté les trois fils. La famille discutait des choses essentielles, du travail à faire mais aussi des nouvelles du pays, de la santé des uns et des autres.

On entendait le tintement des cuillères sur les assiettes et le tic-tac perpétuel de la comtoise qui inlassablement balançait son disque d'or dans sa caisse.

Les jours d'hiver, à la veillée, les hommes tressaient des paniers de toutes sortes, des corbeilles qui servaient à ramasser les fruits et autres denrées.

Les longues tiges d'osier encombraient un coin de la pièce. La mère et la fille tricotaient des chaussettes, des pull-overs qui tenaient chaud. Elles rapiéçaient les pantalons déchirés par les broussailles.

Parfois des voisins venaient se joindre à cette réunion familiale et parmi les souvenirs, une chanson était fredonnée ; une vieille bouteille de gnôle était débouchée.

Les années passaient, la ferme prospérait, le père Dinand vieillissait. Des rhumatismes lui interdisaient certains travaux, ses forces l'abandonnaient doucement. Malgré tout son courage et sa volonté de travailler, il vivait certains jours bien pénibles. Tenir les mancherons de la charrue, élaguer les arbres, tailler les haies qui sont hautes en Morvan, lui retiraient ses forces.

Pour le soulager, ses fils se partageaient les durs travaux. Il arriva un moment où, l'hiver, près de la cheminée, les pieds devant les flammes, la tête baissée, il ruminait de tristes pensées.

Les mois, les années s'écoulèrent, la fille se maria, sa femme n'était plus si alerte.

Un jour, alors que novembre assombrissait la grande cuisine, il dut rester au lit. Ce fut pour lui une grande détresse. Mais il se levait encore un peu, tant que ses jambes le supportaient, il allait à la porte, regardait le ciel, le vent qui faisait craquer les arbres, la pluie ou la neige qui tombait dans la cour.

Entre les durs travaux, ses fils venaient lui rendre compte de tout ce qui pouvait l'intéresser. L'un disait : « J'ai fini de tailler la haie du grand pré », l'autre « J'ai labouré le champ », le troisième « J'ai coupé le bois et l'ai mis à l'abri sous le hangar ».

Quelquefois une voisine venait, avec, noué dans son tablier une portion de dessert qu'il aimait bien.

Un soir alors qu'ils étaient tous réunis, le père Dinand leur dit de l'écouter un moment.

La pluie cinglait les vitres, le feu dans la cheminée lançait de grandes flammes suivant les caprices du vent ; la haute comtoise égrenait ces pesantes secondes, indifférente à tous les soucis des humains.

Le père Dinand racla sa gorge, respira plusieurs fois et leur dit :

- Vous savez mes enfants, on n'a jamais mis en culture le petit bout de pré qui se trouve derrière les écuries. Pourquoi ? Parce que ce bout de terre est encombré de pierres, plus grosses que mon corps, alors on l'a délaissé. Pourtant je m'en souviens seulement maintenant, alors que tous les souvenirs m'encombrent, du temps de mes arrière-grands-parents, il se peut qu'un membre de notre famille ait voulu préserver quelques pièces par crainte des guerres seigneuriales et les aurait caché sous une de ces grosses pierres. Mais cela représente bien du travail. Malgré tout, si toutes les pierres étaient enlevées cela ferait un lopin bien fructueux.

Puis les mois passèrent, et un matin d'avril alors que les premiers bourgeons dépliaient avec prudence leurs petites feuilles d'un vert tendre, le père Dinand, sans bruit, sans réveiller personne s'en alla dans le champ des étoiles.

Sa femme arrêta la comtoise, les enfants apportèrent un rameau de buis, le crucifix et l'eau bénite. Monsieur le curé, le docteur, le menuisier, les voisins furent prévenus.

L'enterrement se fit quelques jours plus tard dans le cimetière de la paroisse.

Les enfants continuèrent les travaux de la ferme qui mobilisaient beaucoup de bras. Mais parfois ils pensaient à cette petite parcelle encombrée de ces énormes pierres.

Ce fut pendant les premiers mois d'hiver qu'ils attaquèrent ce travail exténuant. Les pierres étaient enlevées une par une et transportées près d'une cabane en prévision d'un mur. Sous chaque emplacement, on fouillait, on creusait, on espérait : les fils ne trouvèrent rien.

Mais le petit carré de terre maintenant se transformait en une belle surface prête à recevoir les semences des mois à venir.

Les récoltes furent abondantes dans cette terre bien reposée ; les paysans du village étaient stupéfaits de voir un tel résultat dans ce renfoncement mis à jour.

Ce soir-là, autour de la soupe les fils se dire que le père devait être content.

LA ROSELINE

En plein été, il fait très chaud dans les champs. Le père Marion fauche les blonds épis de blé qui se couchent sous la faux luisante au soleil. Il avance à pas lents, les gestes réguliers, et derrière lui s'alignent les rangées d'épis prêts à donner les grains qui feront le pain des jours à venir.

Il n'est pas riche le père Marion, il possède une parcelle où il fait pousser quelques légumes, et sème le blé pour son usage personnel.

Les jours sont difficiles, mais sa femme, une bonne fermière sait tirer parti de tout ce qu'elle peut récolter : conserves de légumes, confitures, pommes et noix, seront les bienvenues les jours d'hiver.

Au bout du champ il s'arrête sous un pommier qui donne une ombre propice et va chercher dans une ornière restée humide une bouteille d'eau encore fraîche ; il en boit de longues gorgées. Il soulève son chapeau et essuie avec un grand mouchoir à carreaux la sueur qui perle sur son front. Ses reins malmenés le tenaillent par moment malgré sa ceinture de flanelle qu'il a serrée autour de sa taille.

Dieu qu'il a chaud ! Ses jambes et ses bras commencent à se fatiguer et la journée est longue...

Deux pies jacassent dans la haie épaisse ; elles se chamaillent pour dérober un œuf qu'un oiseau couvait. Le père Marion va reprendre son dur labeur sous le soleil brûlant.

Venant du village proche, il entend une voix féminine qui chante : encore la Roseline qui ne fait pas grand-chose pense-t-il. Celle-là elle chante plus qu'elle ne travaille. « De quoi peut-elle bien vivre ?: chanter, chanter, c'est bien mais ça ne rapporte rien, ça ne met pas de légumes dans la marmite. »

La Roseline est venue s'installer au village voilà pas très longtemps. On ignore tout de sa vie, malgré la curiosité des paysans qui voudraient bien savoir. Jeune et belle, elle intrigue. Mais le père Marion s'en fiche. Lui, il travaille, elle, elle chante, on verra bien la suite.

Le soleil tape dur sur le dos voûté du père Marion. Toute la journée il a peiné et dans les jours qui suivent, il faudra mettre le blé en gerbes, puis les empiler sur une charrette tirée par le cheval. Tout cela avant les orages qui peuvent venir très vite de l'horizon noir.

Lorsque la récolte sera à l'abri dans la grange, il aura l'esprit plus tranquille et pourra vaquer à d'autres travaux en attendant le battage.

- Les modestes fermiers d'alentour apportent leurs maigres récoltes dans une ferme plus importante où la batteuse donnera dans les cris, les rires, les peines, les jets de vapeur, la fumée, le glissement des courroies une aide précieuse à tous ces travailleurs.

Le père Marion donne une journée de travail en compensation du battage de ses gerbes.

Il rentrera le soir près de son épouse et lui montrera fièrement quelques sacs de blé qu'il a rapportés.

Les grains dorés glissent dans sa main comme une eau bienfaisante : il enfonce encore sa main plus profondément et c'est chaud et c'est bon de sentir ces grains durement récoltés qui feront le pain demain.

L'automne vient jaunir les arbres ; le père Marion et son épouse, une forte femme au chignon noir serré, se rendent au cimetière pour la Toussaint.

Les tombes sont toutes fleuries. Partout des chrysanthèmes, ces fleurs si jolies qui font pleurer, accentuent la mélancolie de ce lieu. Tous ces jaunes, ces mauves, ces rouges pâles comme un soleil couchant embellissent malgré tout le jardin des souvenirs.

Un matin, en poussant le lourd volet en bois de la fenêtre étroite le père Marion découvre ce qu'il avait pressenti : la neige recouvre toute la campagne.

- Eh bien, il en est tombé une sacrée couche, dit-il en se tournant vers son épouse.

Il balaie devant la porte et dégage un petit chemin jusqu'à l'écurie. Il faut, malgré cette neige, s'occuper des bêtes et apporter le bois qui va flamber sans relâche dans la cheminée.

Le champ où il a eu si chaud cet été, n'est qu'une étendue blanche et glacée ; sous le pommier qui semble un squelette, des corbeaux grattent la terre. Un rouge-gorge immobile s'est posé sur le sol balayé.

Le père Marion et son épouse bricolent près du feu. De la cave on monte les conserves. Sans être riches, ils ne souffriront de rien grâce à la prévoyance innée des campagnards.

Un jour on frappe au carreau.

Qui donc peut venir d'un temps pareil ? pense le père Marion qui entrebâille la porte.

La bise dans le foyer fait rougir les cendres grises et courbe les flammes qui lèchent la bûche.

- Eh mais c'est la Roseline que voilà ! dit-il tout étonné. La femme entre d'un pas dans la maison.

- Que voulez-vous donc ?

- Voisin, j'ai un peu honte de venir vous demander si vous pouvez me dépanner de quelques sous, jusqu'à la saison prochaine. Ma bourse est aussi vide que mon buffet...

- Mais, répond le père Marion surpris par la hardiesse de la demande de cette fille qui roucoulait durant les jours chauds, vous n'avez donc rien prévu pour cet hiver ?

- Cet été, je prenais des cours de chant, car l'année prochaine un grand cabaret de Dijon va m'engager ; je gagnerai beaucoup d'argent et je pourrai facilement vous rembourser.

- C'est vrai que je vous entendais chanter quand je fauchais le blé sous le soleil brûlant ; mais dites-moi, vous êtes jeune et jolie, un corps souple et gracieux, peut-être pourriez-vous danser dès maintenant au cabaret...

LE CHEMINEAU ET LE CHÂTELAIN

Par une chaude journée d'été, un clochard se désaltérait dans l'eau claire d'un ruisseau qui murmurait paisible parmi les herbes vertes et les arbustes qui le recouvraient. Son lourd barda posé à terre, il se reposait d'une longue marche et comme les trimards il avait en tête d'arriver avant la nuit dans un village qu'il connaissait et pensait y trouver refuge.

Il savait que dans ce hameau, une grange l'attendait, un quignon de pain aussi, parfois même une pomme de terre cuite et encore chaude prélevée sur la pâtée des cochons.

Ses pieds étant brûlants, notre homme décida de tremper ses jambes fatiguées dans l'eau fraîche et revitalisante qui coulait tranquille et tentante au creux de la verdure. Il retroussa son pantalon, s'assit, et savoura ce moment délicieux, les pieds dans l'eau et les yeux contemplant les quelques nuages blancs qui se disloquaient dans le ciel.

Le hameau n'était plus très loin, le soleil encore chaud, il avait le temps de se reposer dans ce coin tranquille entouré d'arbres.

Il n'en faut pas plus à un vagabond pour être heureux.

C'est à ce moment qu'il entendit un bruit de pas : il s'appuya sur son coude et vit un monsieur qui s'approchait.

D'une bonne taille, distingué, coiffé d'un chapeau gris orné d'une plume d'oiseau, de faisan sans doute, habillé d'un gilet où brillait une chaîne en or qui devait retenir une montre cachée dans le gousset. Une montre de valeur sans doute qui divisait avec précision la journée de ce riche monsieur.

Des guêtres lui montaient jusqu'aux genoux. Le visage sévère était barré d'une moustache grise.

- Que faites-vous là ? lui dit-il

- Eh bien voyez-vous cher monsieur, je me repose un brin. Mes pieds sont si chauds qu'ils sont tout heureux de se rafraîchir dans cette eau froide.

- Je vois bien, mais vous salissez mon ruisseau ; vous êtes à la limite de ma propriété, et je tiens à ce que mon ruisseau reste propre.

- Oui, mais je ne suis pas chez vous, regardez, la clôture est bien éloignée.

- Cela ne fait rien, vous salissez quand même mon ruisseau.

- Mais l'eau coule dans ce sens et ma crasse, s'il y en a, ne peut remonter chez vous. Regardez : toutes les brindilles, les petites feuilles qui viennent de votre domaine, passent sous la clôture et s'en vont plus loin : la saleté de mes pauvres pieds ne remonte pas le courant, à moins d'un miracle !

- Écoute bien, le mois dernier cet endroit était dégoûtant, mes fruits chapardés, le ruisseau souillé.

- Le mois dernier j'étais loin d'ici, donc...

- Si ce n'est pas toi, c'est donc un vagabond comme toi, car vous n'épargnez rien sur votre passage et les gens d'ici ne vous aiment guère.

Le pauvre homme a retiré ses pieds de l'eau, s'est assis sur son lourd baluchon, l'air déterminé.

Le ruisseau fait entendre un léger murmure comme s'il était fautif de toutes ces tracasseries.

- Permettez que je reste encore un moment, juste pour permette à mes pieds meurtris de continuer le chemin. Je ne salirai votre ruisseau en aucune façon.

Le châtelain se tient droit dans ses guêtres, les pouces dans les petites poches de son gilet.

- Hors de question, va-t-en ou j'appelle le garde et je siffle mes chiens.

Le clochard ne répond rien et reste assis sur son baluchon.

- Allez, ôte tes puces de là, elles sautent partout.

Il ne bouge pas et murmure des phrases incompréhensibles.

Le châtelain part en lui disant d'un ton méchant.

- Je vais chercher le garde et mes chiens ; gare à toi si tu es encore là quand je reviendrai.

Seul, le vagabond retrempe ses pieds dans le ruisseau et s'amuse même, par dépit, à remuer la vase qui s'en va emportée par le courant. L'eau trouble ne remonte pas dans la propriété.

Les propos agressifs du châtelain le révoltent, mais il se doute bien qu'il n'aura pas le dernier mot... Un pauvre vagabond ne rivalise pas contre un châtelain riche et méchant.

Solidement en main, il serre son bâton qu'il a coupé dans une haie morvandelle.

C'est à ce moment qu'il entend des aboiements tout près. Le garde apparaît, tenant en laisse deux chiens de forte taille.

- Toujours là, dit celui-ci, maintenant il faut décamper ou je lâche mes chiens.

Dépité, l'homme se lève, charge son baluchon sur le dos, reprend son bâton ce qui fait aboyer les chiens et s'en va le dos courbé sous le poids du fardeau de l'injustice.

LES QUATRE-HEURES DU CANTONNIER

Un cantonnier fauchait l'herbe au bord d'une route départementale. Les petites routes du Morvan sont calmes, bordées de grandes haies avec parfois des talus où les mauvaises herbes et les fleurs sauvages s'y mélangent, les fleurs jaunes du pissenlit, les pâquerettes blanches, les orties aux feuilles piquantes, l'oseille sauvage, les violettes au parfum délicat, la mousse où se prélassent au soleil la longue couleuvre où la vipère qu'il ne faut pas déranger.

Les gros escargots de Bourgogne s'étirent en laissant une trace argentée lorsqu'il pleut. Des limaces rouges aussi.

L'été, on peut cueillir la fraise des bois au subtil parfum qui procure de si savoureux desserts.

Dans la haie qu'il faut tailler de temps à autre, les oiseaux construisent leurs nids pratiquement invisibles, les merles chantent, les lapins de garenne et les lièvres tracent des coulées en y laissant quelques poils, vite repérés par le braconnier.

Le père Gaudart est cantonnier depuis toujours dans la commune. Du matin au soir par tous les temps, il entretient les routes goudronnées, parfois seulement empierrées : dans ce cas il devient casseur de cailloux. Les grosses pierres apportées par un lourd camion, le père Gaudard les réduit en les cassant avec une petite masse au long manche flexible, à une taille d'une grosseur convenable.

Il est assis sur un tabouret pliant ou un tronc d'arbre abattu et chausse de grosses lunettes de protection aux verres épais.

Son travail suit la route et le cantonnier s'éloigne de plus en plus de son domicile. Heureusement il possède une bicyclette qui lui rend bien service. Un phare à acétylène est fixé sur le guidon. Dans une petite sacoche tout est prévu pour réparer en cas de crevaison, ce qui arrive souvent sur les mauvaises routes. Il s'y trouve la râpe, la colle, les rustines. La chambre à air est constellée d'emplâtres.

Il cache sa faux sous des branchages près d'une haie. Dans sa musette patinée par le temps, il n'oublie pas d'emmener sa gamelle que sa femme lui prépare tous les jours. Un reste de viande si le braconnage a été bon, si dans le collet fixé sur une branche solide de la haie, un lapin s'est étranglé bêtement ; quelques légumes, souvent des pommes de terre de son jardin, un oignon, une pomme, un bon morceau de pain de ménage. Le goulot de sa chopine remplie de piquette dépasse de la musette.

Ce jour-là, il empierre une route, un chemin qui mène à quelques fermes voisines. Toute la matinée il a travaillé sous le soleil.

Notre cantonnier s'installe à l'ombre d'un chêne, sur un tronc d'arbre oublié là certainement depuis des années. Sa chopine de vin enfouie sous une grosse touffe d'herbe humide est restée fraîche.

Ses lunettes et sa masse sont près de lui.

Avec lenteur et respectueusement, il développe une tranche de pain d'une serviette à carreaux, toujours gardée propre pour cet usage.

Aujourd'hui le père Gaudart va se régaler. Sa femme généreuse lui a préparé une bonne portion de lapin qu'elle a cuisiné la veille. Un lapin de garenne pris au collet grâce au savoir-faire ancestral de notre cantonnier.

Bien assis, les bottes retirées, il serre entre ses genoux sa gamelle réchauffée sur un feu de bois. Il se régale le père Gaudart en avalant de bonnes bouchées de râble du lapin préparé dans la cocotte de fonte grise.

D'une main il tient un morceau de pain qu'il a coupé avec son fidèle couteau de poche, de l'autre la fourchette ; on voit qu'il prend plaisir à ces moments mérités. Il ne reste plus rien dans sa chopine qu'il a remis plus loin dans sa place au frais.

Et voici que d'un coup, dans sa fringale et son appétit gourmand quelque chose qu'il a pensé pouvoir avaler s'est bloqué dans sa gorge. Impossible de crier, de respirer, il suffoque ; il étouffe, l'air lui manque, il perd ses moyens.

Il se lève précipitamment, tape sur sa poitrine, gesticule, essaie de vomir, mais le petit os bien piqué résiste et toute sa gorge se trouve encombrée.

Il devient rouge, se panique, court vers sa chopine qui se trouve malheureusement vide.

Mais quelquefois des miracles ont lieu, sans avoir prié quelques saints, sans être allé à Lourdes.

Dans son désarroi il aperçoit venant sur la route, une automobile : il en passe peut-être deux ou trois par jour sur ce chemin cahoteux qu'il est en train d'empierrer. D'ordinaire ce sont des cabriolets tirés par un cheval ou un âne qui passe au trot, sous la menace d'un fouet paresseux et bonasse.

L'automobile arrive lentement.

Notre cantonnier lève les bras au ciel, et se poste au milieu du chemin sans crainte de se faire écraser. Dans sa détresse et son soulagement il reconnaît au bord de l'évanouissement la voiture du docteur. Une vieille Rosalie qui le transporte tant bien que mal auprès de ses patients.

Celui-ci s'arrête et comprend immédiatement ce qui arrive. Vite, il fait ce qu'il doit faire, les docteurs de campagne sont habitués aux urgences, et en quelques secondes notre homme à moitié mort est soulagé.

Encore abasourdi, hébété par ce qui vient de lui arriver le cantonnier balbutie un merci très faible et tremblotant.

Le docteur constate que le patient a retrouvé sa vigueur et remonte en voiture.

- Vous passerez à mon cabinet régler la note, crie-t-il par la portière en démarrant.

Notre cantonnier qui reprend ses esprits et retrouve son souffle, croit perdre la vie une nouvelle fois.

- Bon dieu, dit-il, c'est-il pas vrai qu'il va me faire payer ça ? Une si petite chose, un petit os... se faire payer pour avoir retiré un petit os ! Je ne le croyais pas si mesquin celui-là. Je vais raconter ça à la mère Pauline, elle se chargera de la publicité... Un petit os, si c'est pas honteux ! Il serait bien parti tout seul si j'avais toussé plus fort !

LES CERISES DU PÈRE GOURY

C'est le printemps en Bourgogne. Après un long hiver où le givre ornait les branches, déposant des guirlandes blanches sur les arbres squelettiques, où la neige blanchissait les champs et les prés immobiles, où la bise fermait la porte des chaumières aux bourrasques glaciales, où les soirs luttaient contre la nuit pour gagner quelques instants de lumière blafarde, le printemps est enfin arrivé.

Les paysans recommencent à vaquer à leurs tâches familières. Le soleil à ras de l'horizon effleure d'un rayon déjà chaud la campagne bruissante. Les oiseaux gazouillent dans les buissons d'aubépine. Les pies jacassent en se disputant quelques baies rouges. Tout reprend vie. Un zéphyr incite les jeunes filles à se promener en robe légère. Dans le ciel, un nuage blanc s'effiloche et se volatilise lentement.

Le père Goury cueille des cerises.

C'est un sexagénaire. Pensez qu'il aura bientôt soixante-dix ans.

Il monte encore sur son cerisier avec un peu de difficultés, beaucoup de prudence, car les gestes sont plus lents, les réflexes moins rapides. Les pieds sur une branche, une main assurant son équilibre, il cueille les cerises proches de lui. Un panier à moitié rempli se balance au bout d'un crochet.

Depuis son enfance, le père Goury cultive son champ, soigne ses bêtes : une vache, un âne, des poules et des lapins, récolte ses moissons. Sa femme, la Marie, une fermière assez maigre, au visage ridé, a toujours partagé ses joies et ses peines. Cinquante ans qu'ils se comprennent, qu'ils adoucissent les mauvais jours, qu'ils devinent, au profond d'un regard, les pensées silencieuses.

Ce matin comme le ciel s'est fait beau, comme les cerises mures attirent les merles qui se disputent, la Marie suggère d'aller cueillir ces fruits rouges. Illico, le père Goury obéissant aux suggestions de sa femme, cueille les cerises.

Il se remémore le temps où plus jeune, il offrait aux jeunes filles les cerises doubles qu'elles transformaient en jolies boucles d'oreilles. Des anciennes chansons aussi lui reviennent en tête. Ah ! le temps des cerises !...

Le tronc du cerisier est proche de la clôture en pieux solides, reliés avec des fils de fer barbelé. La route est bien peu fréquentée ; c'est un raccourci entre deux villages.

De son poste d'observation le père Goury voit venir au loin un cycliste. Il est jeune et notre fermier ne le connaît pas.

Il s'arrête, pose son vélo contre la clôture, s'éponge le front et regarde tous ces petits fruits rouges qui le narguent au-dessus de sa tête.

- Hé bonjour, mon bon monsieur, vos cerises sont bien appétissantes ; je viens de parcourir plusieurs kilomètres et ma foi, votre cerisier est le plus beau de la région et le plus fourni aussi. Ces cerises doivent fondre dans la bouche et toutes fraîches encore, elles apaiseraient bien ma soif. Dommage que je ne possède pas un bel arbre comme le vôtre : je serais content d'être à votre place.

Le père Goury entendant ces compliments sent une joie et une fierté l'envahir. Lui faire des félicitations pour son arbre que lui-même a planté voilà bien des années l'émeut et touche son cœur de paysan.

Avec bien des précautions vu son âge, il descend d'un peu, et accroche le panier à une branche plus basse.

Il se repose un instant.

Le panier maintenant est à la hauteur des mains du cycliste.

- Mon bon monsieur, donnez-moi donc votre panier qui vous encombre ; vous serez plus à l'aise pour descendre !

Les cerises appétissantes, brillantes sous un rayon de soleil, sont convoitées si près de cette bouche trop sèche. En l'espace d'un éclair, le cycliste s'empare du panier, enfourche son vélo et lui dit :

- Mille fois merci, mon bon monsieur, mais sachez que vos cerises m'ont tellement fait envie qu'il faut que je les emporte pour les déguster tout à mon aise.

Sur ces paroles il part en pédalant si vite que le père Goury en reste tout coi.

- Bon sang, dit-il, si je m'attendais à ça ! Nous autres on n'est pas habitué à ces coups-là. Ce n'est pas quelqu'un de chez nous.

Il rentre chez lui, les mains tremblantes, déçu, peiné, irrité par ce qu'il vient de subir : lui qui avait fait confiance à ce jeune homme qui le complimentait !

La Marie le réconforta, toute étonnée, elle aussi de ce comportement crapuleux.

Elle lui dit :

-T'es bien bête, mon pauvre homme de faire crédit à tous ces maraudeurs...

- Eh bien oui, dit le père Goury, mais on ne m'y reprendra plus...

- C'est un peu tard, répond sa femme.

L'INVITATION DU PÈRE LÉON

Un campagnard vivait seul dans une ancienne fermette près de Nevers, isolée au milieu des prés et des bois. Un ruisseau coulait tout près, gonflé par les eaux les jours d'orage. L'orée d'un bois de chênes, de charmes et de bouleaux, délimitait ce paradis. Quelques mètres carrés de bonne terre avaient suffi pour réaliser un semblant de jardin. L'hiver, comme les marmottes, le jardin attendait le printemps. Au mois de mai, les légumes précoces développaient leurs feuilles si fragiles.

Le père Léon se régalait des salades : batavia, laituc romaine et des aromates : basilic, estragon, ciboulette.

Souvent dans ce calme jardin, il s'asseyait sous le lilas et se délassait en écoutant le chant des oiseaux : des pies jacassaient, des merles sifflaient, parfois, au loin, un coucou chantait dans le bois proche.

L'unique pièce où il vivait était d'une grande simplicité. Comme beaucoup de maisons paysannes morvandelles, le lit et l'édredon rouge se calaient dans un angle. Une armoire en bois à deux portes contenait les indispensables ustensiles de ménage.

Enveloppé d'un torchon, l'énorme miche de pain était au frais dans la maie.

Le poêle en fonte noire possédait quatre trous recouverts d'un couvercle qu'on soulevait au crochet. Une petite ouverture sur le devant laissait voir les flammes.

Entourée de quatre chaises rustiques, une table rectangulaire trônait au milieu de la pièce. Elle était recouverte d'une toile cirée imitant une nappe à carreaux rouges.

Une comtoise balançait son disque jaune terni.

Lorsque la température était clémente, le grand plaisir de notre campagnard était de dîner, le soir devant sa porte, tout était calme, une sérénité enveloppait les alentours jusqu'à l'horizon.

Rien ne dérangeait ces moments-là où le père Léon dégustait son pain « niaqué » dans un bol de lait froid.

Un jour, par quelles circonstances, on ne le sut jamais, il fut invité chez un monsieur, un cousin éloigné sans doute : ce monsieur habitait Nevers.

Le père Léon n'aimait pas la ville, il suffoquait entre ses grands immeubles où le vent se traînait difficilement. Les bruits de toutes sortes, le brouhaha, les voitures l'étourdissaient.

La grande porte cochère était ouverte, il monta d'un pas imprécis au premier étage.

Il fut reçu bien honnêtement. Après les retrouvailles, le visiteur fut conduit dans la salle à manger.

Le père Léon regarda tous ces beaux meubles. Ce buffet astiqué, cette table décorée mais sans s'extasier. Des bibelots peut-être de grandes valeurs, s'exposaient dans une vitrine. Sur la cheminée, une pendule surmontée d'un Apollon égrenait quelques heures cristallines.

Dans ce luxe, le père Léon, avec sa veste de velours et ses gros souliers, ne se sentait pas à l'aise. Notre campagnard prit place à table. Devant lui verres en cristal, assiettes en porcelaine de Limoges. Fourchettes, couteaux brillaient comme des instruments de chirurgie. Le pain fut servi dans une corbeille argentée.

Après quelques amuse-gueules, l'entrée fut délicieuse : six gros escargots de Bourgogne.

C'est au plat principal, un gigot d'agneau qui fondait dans la bouche, servi avec des flageolets, tout cela accompagné d'un vin rouge de Bourgogne, que tout arriva : dans le salon jouxtant la cuisine, le maître des lieux entendit des bruits anormaux.

Vite on se leva de table, abandonnant couteaux et fourchettes dans un grand chambardement. Un voleur s'était introduit habilement dans le salon par une petite porte donnant sur le palier. Il courait déjà dans la rue lorsque nos deux hommes arrivèrent sur les lieux.

Vous pensez bien que le repas fut bouleversé : le bon vin resta dans la bouteille, le dessert, une appétissante tarte aux fraises, resta sur la commode. L'hôte s'excusa et l'invité pris congé, bien déçu de cet intermède.

Rentré chez lui, il retrouva le calme habituel de la campagne. Le chant des oiseaux, même le beuglement de la vache dans le pré voisin était plus agréable que le tapage, le vacarme de la grande ville.

Bien sûr, ce soir-là, le père Léon ne mangea pas des mets raffinés sur une table décorée.

Il s'installa devant sa porte avec un bol de lait froid et un morceau de pain qu'il « niaqua » dans le bol. Une poire du poirier de la mère Vadrot termina le repas.

Mais ce soir-là, le père Léon apprécia plus encore cette tranquillité, cette confiance qui enveloppait toutes choses. Le soleil se couchait derrière une rangée de peupliers et une traînée rouge se déchirait dans les branches.

Ici, les voleurs, il ne les craignait pas. Que pourraient-ils lui prendre ? Pourvu qu'ils lui laissent son bol, souvenir de son père !

TABLE DES FABLES

Achevé d'imprimer en septembre 2009
sur les presses de la Nouvelle Imprimerie Laballery
à Clamecy (58)
Dépôt légal : septembre 2009
Numéro d'impression : 909169

Imprimé en France

La Nouvelle Imprimerie Laballery est titulaire de la marque Imprim'Vert®